小學生五分鐘文言文學堂

寓言故事篇

作者：陳星晴
繪圖：隔籬屋隻貓

中文基礎

小學生五分鐘文言文學堂——寓言故事篇

作　　者：陳星晴
繪　　圖：隔籬屋隻貓
責任編輯：黎漢傑
設計排版：陳先英
法律顧問：陳煦堂 律師

出　　版：初文出版社有限公司
電郵：manuscriptpublish@gmail.com

印　　刷：陽光印刷製本廠

發　　行：香港聯合書刊物流有限公司
香港新界荃灣德士古道220-248號
荃灣工業中心16樓
電話：(852) 2150-2100　傳真：(852) 2407-3062

版　　次：2024年7月初版
國際書號：978-988-70534-9-1
定　　價：港幣68元

Published and printed in Hong Kong
香港印刷及出版

前言

「為甚麼要學文言文？學來有甚麼用？」相信每個學生都有過這個疑問。

對我來說，文言文就是在學古人的智慧。我經常為前人在待人接物、分析事理展現的聰明才智而擊節驚歎。即使這些文章在千百年前流傳下來，但今日的讀者依然能夠領略到古人的風采，並不過時。

然而，同學因為考試，只能呆板地背誦古詩古文，未必有機會仔細地理解、反思文章意義。我指的是可以改變人生的思考，而非「這篇文章說明甚麼道理」的閱讀理解問答（3 分）。

本書參考教科書的編排形式，讓孩子慢慢習慣閱讀文言文，目的卻不止於應付學業需求；更着重啟發孩子把寓意應用到生活上。因此，請家長不要以「補充練習」的心態，逼孩子完成本書，反而讓他們自由安排閱讀步伐，不時問問他們最喜歡的篇章及原因，在生活上提及一下本書所載的成語故事便足夠了。

祝願每個閱讀本書的孩子都能從古人智慧中有所得着，回答每一個對文言文提出的「為甚麼」。

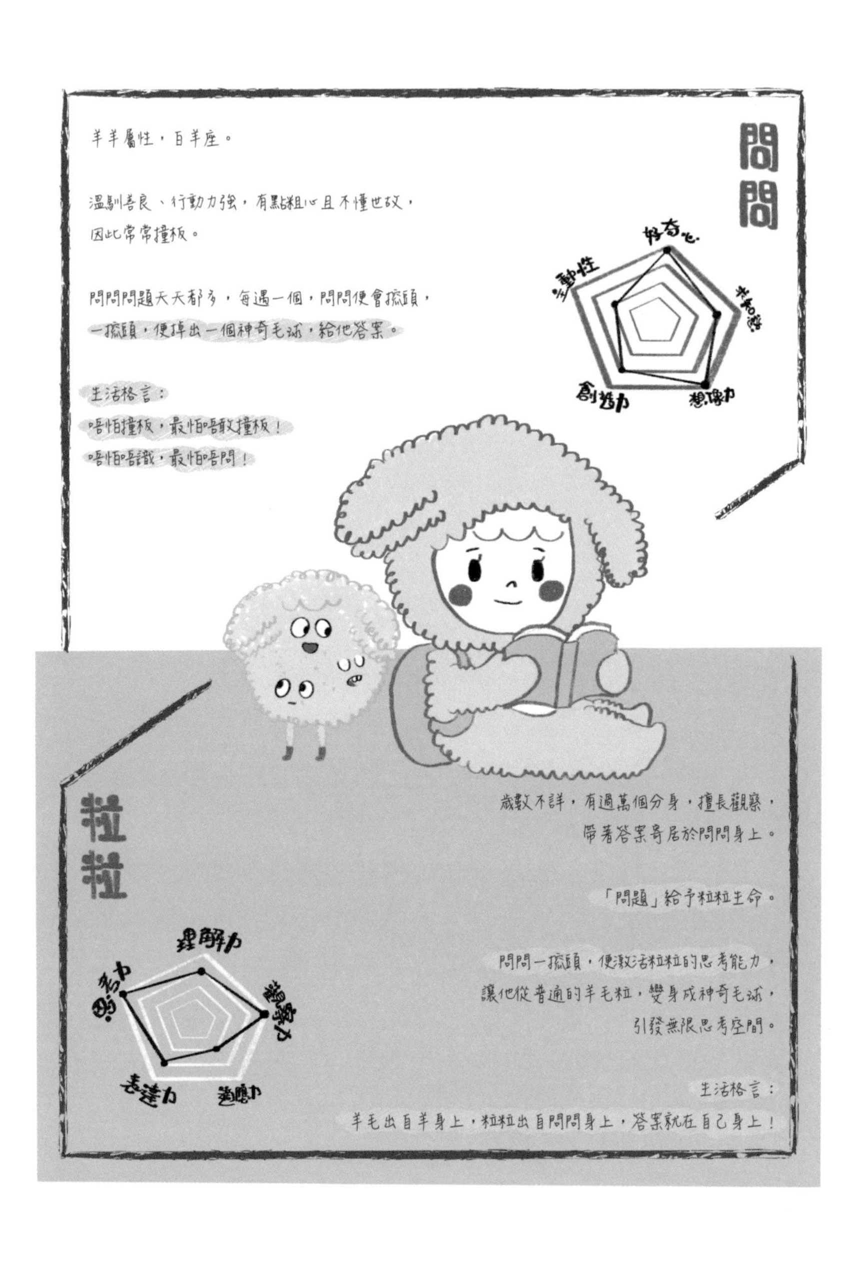

羊羊屬性，白羊座。
溫馴善良、行動力強，有點粗心且不懂世故，
因此常常撞板。
問問問題天天都多，每遇一個，問問便會搲頭，
一搲頭，便掉出一個神奇毛球，給他答案。
生活格言：
唔怕撞板，最怕唔敢撞板！
唔怕唔識，最怕唔問！
問問
好奇心
求知慾
想像力
創造力
主動性
粒粒
歲數不詳，有過萬個分身，擅長觀察，
帶著答案寄居於問問身上。
「問題」給予粒粒生命。
問問一搲頭，便激活粒粒的思考能力，
讓他從普通的羊毛粒，變身成神奇毛球，
引發無限思考空間。
生活格言：
羊毛出自羊身上，粒粒出自問問身上，答案就在自己身上！
理解力
觀察力
適應力
表達力
思考力

目錄

01 守株待兔

出自韓非：《韓非子・五蠹》

宋人有耕田者。田中有[1]株，兔走[2]觸株，[3]折頸而死。因[4]釋其[5]耒而守株，[6]冀[7]復得兔。兔不可復得，而身為[8]宋國笑。

注釋

1. 株：砍過之後剩下的樹。
2. 觸：撞到。
3. 折：折斷。
4. 釋：放下。
5. 耒：粵音「類」，古代用來耕田翻土的農具。
6. 冀：希望。
7. 復：再次。
8. 宋國：這裏指「宋國的人」。

寓意

比喻人做事不知道要變通，常常想着不勞而獲。

例句

他整天只是守株待兔，妄想可以中彩票，不肯主動去找工作，當然會變得愈來愈窮啊！

白話文故事

宋國有一個耕田的人。他的田中有一棵砍過的樹。有一天，一隻兔子跑過來，撞到這棵樹，脖子折斷死去了。宋人吃了一頓美味的兔肉，之後就放下了他的農具，不再耕田，整天守着這棵樹，希望再次吃到兔肉大餐。可是，不會再有兔子巧合地撞上這株樹了！於是宋人便被其他人恥笑。

思考問題

看看下圖，你覺得哪一個問問可以得到理想的生活？為甚麼？

人各有志，無論是追求飛黃騰達，還是想要平淡安逸的生活都沒有錯。可是，如果以「安穩」當作藉口，凡事都只是做到剛剛好，不去思考如何求進，便會大大限制自己的潛能發展。

試試設定一個可行的目標，並構思具體行動來達到你的目標。

目標：＿＿＿＿＿＿＿＿＿＿＿＿＿＿＿＿

具體行動：＿＿＿＿＿＿＿＿＿＿＿＿＿＿＿＿

02 自相矛盾

出自韓非：《韓非子・難一》

楚人有[1]鬻矛與盾者，[2]譽之曰：「[3]吾盾之堅，[4]物莫能陷也。」又譽其矛曰：「吾矛之利，於物無不陷也。」或曰：「以[5]子之矛，陷子之盾，[6]何如？」其人[7]弗能[8]應也。

注釋

1. 鬻：粵音「肉」，賣。
2. 譽：讚賞。
3. 吾：本來指「我」，這裏指「我的」。
4. 物莫能陷：陷是刺穿的意思。全句指沒有物件能刺穿我的盾。
5. 子：你。
6. 何如：會怎樣呢？
7. 弗：不。
8. 應：回答。

寓意

比喻有些人做事或說話前後不一樣。

例句

他的言行常常自相矛盾，讓人難以相信他的話。

白話文故事

楚國有一個賣矛和盾的人。楚人讚賞自己賣的盾，說：「我的盾十分堅固，沒有東西能夠刺穿它。」又讚他賣的矛，說：「我的矛十分鋒利，沒有東西是它不能刺穿的。」有人說：「用你的矛，刺你的盾，又會怎樣呢？」這個楚國人不能回答他。

思考問題

你認為怎樣做才能避免說話或做事自相矛盾？

很多人並不是存心做個說一套，做一套，只是一時誇下海口，說了超出自己能力範圍的事。我們許下承諾之前，要想想自己是否做得到；許下承諾之後，就想辦法盡量完成。真的遇上困難，就好好向他人請教。

想想一件「說得出，做不到」的事。如果可以重新來一次，你會怎樣做？請在以下位置寫下來或畫下來。

03 杞人憂天

出自列禦寇：《列子・天瑞》

杞國有人憂天地崩墜，身[1]亡所[2]寄，廢寢食者。有人往[3]曉之，曰：「天，[4]積氣[5]耳。[6]汝終日在天中呼吸，奈何憂崩墜乎？」其人曰：「天果積氣，日、月、星宿，不當墜耶？」曉之者曰：「日、月、星宿，亦積氣中之有光耀者，[7]只使墜，不能有所傷。」其人大喜。（本文經作者刪改。）

注釋

❶ 亡：失去。
❷ 寄：寄託的地方。
❸ 曉：這裏指開導。
❹ 積氣：氣體。
❺ 耳：而已。
❻ 汝：粵音「雨」，「你」的意思。
❼ 只使：即使。

寓意

比喻無謂的擔憂。

例句

兒子還未滿月，她就開始擔心兒子日後能不能找到一份好工作，真是杞人憂天。

白話文故事

杞國有一個人，擔憂天空會墜下來，自己失去居住的地方，擔心得廢寢忘食。有人前往他的家來開導他，說：「天空只是氣體而已。你終日在天空之中呼吸，為何擔心天空會塌下來呢？」杞人說：「就當天只是氣體，那麼太陽、月亮、星辰，難道不會墜下來嗎？」來開導他的人說：「太陽、月亮、星辰，也只是氣體之中能發光的部分，即使真的掉下來了，也不會傷害你。」杞人聽到後，十分開心。

思考問題

有些同學天生對於聲音、閃光等刺激比較敏感。

你以為是杞人憂天的事，可能會造成別人無法解釋的痛苦。所以，看見跟我們不一樣的人時，不用大驚小怪，更不要投以責怪的目光，只要給他們更多空間，便是幫助他人了。

可是，如果朋友向你透露有危險的訊息，例如他說因為擔心學業而傷害自己，你要立刻找信任的成年人幫忙。請在以下位置寫出可以求助的成年人，以及找到他們的方法。

我信任的成年人	找到他的方法

04 刻舟求劍

出自《呂氏春秋・慎大覽・察今》

楚人有[1]涉江者，其劍自舟中[2]墜于水，[3]遽[4]契其舟，曰：「[5]是吾劍之所從墜。」舟[6]止，從其[7]所契者入水[8]求之。舟已行[10]矣，而劍不行，求劍若此，不亦[11]惑乎？

注釋

❶ 涉江：乘船渡過江河。
❷ 墜：墜下，跌落。
❸ 遽：粵音「巨」，「於是」的意思。
❹ 契：粵音「舌」，「刻」的意思。
❺ 是吾劍之所從墜：我的劍就是從這裡掉下去的。
❻ 止：停止，停下來。
❼ 所契者：所刻的記號處。
❽ 求：尋找。
❿ 矣：粵音「耳」，「了」的意思。
⓫ 惑：奇怪。

寓意

比喻做事不知變通。

例句

他外出時丟失了錢包，可是只會在這裏刻舟求劍般亂找，有甚麼用呢？

白話文故事

楚國有一個人要乘船渡江，他的劍從船上跌入水中，於是楚人在船身刻下了記號，說：「我的劍就是從這裏掉下去的。」後來船隻到岸，他從刻了記號的地方跳進水裏去找劍。船已經離開了，而劍卻沒有移動過，用這種方法來找回他的劍，不是很奇怪嗎？

思考問題

問問用了甚麼方法來預備考試？你覺得他會達到期望的效果嗎？

有人會誤將盲目地付出時間，當成付出努力。可是，如果運用的方法不對，就像光把嬰兒丟在泳池裏，無論時間多久，都無法讓他學會游泳。如果覺得自己已經溫習至通宵達旦，卻仍然得不到理想的成績，不妨想一想，除了長時間死記硬背之後，還有沒有更有效的方法，可以幫助自己學習呢？

以下是一些溫習方法建議，圈出你未試過的，在下一次溫習不妨試用這些方法。

- 在上課時抄筆記
- 運用腦圖整理知識
- 學習新知識後，想一想有關的生活例子
- 閱讀有趣的百科全書
- 當「小老師」教授同學

我的其他學習方法：______________________________

05 狐假虎威

出自劉向〔編〕：《戰國策・楚策一》

虎求百獸而食之，得狐。狐曰：「②子無敢食我也，天帝③使我④長百獸，今子食我，是逆天帝命也。子以我為不信，⑤吾為子先行，子隨我後，觀百獸之見我而敢不走乎？」虎以為然，⑥故⑦遂與之行。獸見之皆走。虎不知獸⑧畏己而走也，以為畏狐也。

注釋

❶ 假：借，借助。
❷ 子：你。
❸ 使：差派、命令。
❹ 長：粵音生長的「長」。掌管。
❺ 吾：我。
❻ 故：所以。
❼ 遂：粵音「睡」，於是。
❽ 畏：畏懼、害怕。

寓意

比喻憑恃有權者的威勢恐嚇他人、作威作福。

例句

他只是老闆的秘書，卻常常在狐假虎威，胡亂指派其他員工工作。

白話文故事

老虎尋找百獸來吃，捉到了狐狸。狐狸說：「你不敢吃我的！天帝命令我掌管百獸，如今你吃了我的話，就是違抗了天帝的命令。如果你不相信我，我正要巡視森林，你可以跟在我後面，看看有沒有動物見到我而敢不逃跑的？」老虎信以為真，於是跟着狐狸一起走，百獸看見牠們都紛紛逃走。老虎不知道百獸是害怕自己才逃走的，以為牠們都害怕狐狸。

思考問題

看看下圖，問問做得對嗎？他可以怎樣改變自己做事的方法？

有時候，我們會從成年人手中獲得某些權力。例如擔任風紀維持秩序，幫父母看管弟弟妹妹等。可是，我們要當心不能過度運用自己的權力。即使執行職務時遇上困難，也不應依仗這份被給予的的身份，而不尊重其他人。

你有在學校擔任職務嗎？你有甚麼職責？你會用甚麼態度來執行職務？

我的職務：＿＿＿＿＿＿＿＿＿＿

我的職責：＿＿＿＿＿＿＿＿＿＿

我的態度：＿＿＿＿＿＿＿＿＿＿

06 盲人摸象

出自《六度集經・卷八》

大臣受王[1]敕，牽一象，以示盲者。王言：「象為[2]何類？」其[3]觸牙者，即言象如蘿蔔；其觸耳者，言象如[4]箕；其觸頭者，言象如石；其觸鼻者，言象如[5]杵；其觸脊者，言象如床；其觸尾者，言象如繩。（本文經作者刪改。）

注釋

1. 敕：粵音「斥」，敕令，吩咐。
2. 何類：甚麼樣子。
3. 觸：觸摸
4. 箕：畚箕，指掃把的鏟子。
5. 杵：粵音「柱」，圓木棒。

寓意

比喻以偏概全，只知道事情的一部分便當作真相。

例句

他對問題的理解就像盲人摸象，僅僅看到了一部分，無法把握問題真正的全貌。

白話文故事

一個大臣受到大王的吩咐，牽了一頭象來，向盲人展示。大王問：「大象是甚麼樣子的？」觸摸象牙的盲人，立即說大象像蘿蔔一樣；觸摸耳朵的人，說大象像畚箕一樣；觸摸象頭的人，說大象像石頭一樣；觸摸象鼻的人，說大象像圓木棒一樣；觸摸象背的人，說大象像一張床一樣；而觸摸尾巴的人，則說大象像根繩子一樣。

思考問題

每天要上八個小時課，放學還有不少的功課，你覺得自己何時才會學完全部知識呢？

古人說「學海無涯」，意思是能學習的內容像汪洋一樣，無邊無際，沒有人能把所有知識全部學會。所以，我們在小時候要在各方面都打好基礎，有了基本的知識後，才能夠向我們有興趣的方向邁進。

世上的知識多如天上繁星，就算是最偉大的科學家，都只能窺探到其中一小部分。你有沒有想學習，卻未有機會接觸的知識？為甚麼想學這一個範疇？寫下來，跟你的家人或老師商量一下。

我想學習 ______________________________

因為 ______________________________

____

07 邯鄲學步

出自莊子：《莊子・秋水》

子獨不聞夫[1]壽陵[2]餘子之學行於[3]邯鄲[4]與？未得國能，又失其[5]故[6]行矣，[7]直[8]匍匐而歸[9]耳。

注釋

❶ 壽陵：戰國時代燕國的一個城邑。
❷ 餘子：年輕人。
❸ 邯鄲：粵音「寒單」，趙國的首都，相傳邯鄲人走路的姿態十分優美。
❹ 與：嗎。
❺ 故：原本。
❻ 行：走路的步法。
❼ 直：只能。
❽ 匍匐：粵音「蒱白」，爬行的意思。
❾ 耳：而已。

寓意

比喻只顧着模仿他人，不但學不成別人的特點，反而失去了自我。

例句

甲國政府在改革教育制度時，硬生生把外國的一套搬過來，結果邯鄲學步，教學效果反而愈來愈差。

白話文故事

你沒有聽過在燕國的壽陵，有一個年輕人去邯鄲學走路的事嗎？他學不到邯鄲人的步姿，又忘記了自己本來走路的方法，最後只能爬回自己的國家。

思考問題

我們要學習別人的長處，可是又不能邯鄲學步。你認為這兩件事互相矛盾嗎？

每個人都有獨特的天賦才能。看到別人在道德上、在行為上有值得效法的地方，我們當然要好好學習；可是，看到別人擁有自己沒有的物品，或者學業成績比自己好太多，我們少不免會渴望成為這個人，從而受到大家的喜愛。小朋友，請你記着你有最美麗的心靈，最獨特的天賦才能，是別人學不來的，你也無須把自己變成另一個人。

你有甚麼擅長的事？請在以下位置寫下來，跟你的家人、朋友分享。

我擅長的事：

08 南轅北轍

出自劉向〔編〕：《戰國策・魏策四》

今者①臣來，見人於②大行，③方北面而④持其駕，告臣曰：「我⑤欲⑥之楚。」臣曰：「⑦君之楚，將⑧奚為北面？」曰：「吾馬良。」臣曰：「馬雖良，此非楚之路也。」曰：「吾⑨用多。」臣曰：「用雖多，此非楚之路也。」曰：「吾⑩御者善。」此數者愈善，而離楚愈遠耳。

注釋

❶ 臣：臣子對着大王時的自稱，等同「我」。
❷ 大行：太行山。
❸ 方：面向。
❹ 持其駕：駕着他的馬車。
❺ 欲：粵音「肉」，想。
❻ 之：去。
❼ 君：你。
❽ 奚：粵音奚落的「奚」。為甚麼。
❾ 用：錢財。
❿ 御者：車夫、馬伕。

寓意

比喻所做的行動和所想達到的目的相反。

例句

他一面說要減肥，一面吃雪糕當作正餐，南轅北轍，難怪半點成效都沒有。

白話文故事

今天我前來的時候，在太行山看見一個人，面向北方駕車。他告訴我說：「我想去楚國。」我說：「楚國在南邊，你要去楚國，怎麼會向北方走？」他說：「我的馬很精良。」我說：「你的馬雖然精良，但這並非去楚國的路。」他又說：「我的旅費很多。」我再說：「你的旅費雖然多，但這並非去楚國的路。」他說：「我的車夫很好。」這幾項條件愈好，他就離楚國愈遠了。

思考問題

我們都喜歡走自己的路，討厭別人「指手畫腳」，尤其是別人指出自己做得不好的地方時，那有多麼尷尬難堪！可是，如果放下自己的成見，不難發現別人的話也有道理。縱使別人的經驗未必百分之百適合，或多或少聽一下，可能會令你有所得着呢！

你試過拒絕接受別人的意見，之後後悔嗎？寫一寫這次經歷，想一想以後可以怎樣改進。

後悔的經歷：

09 掩耳盜鈴

出自《呂氏春秋·不苟論·自知》

范氏之[①]亡也，百姓有得[②]鐘者，[③]欲[④]負而走，則鐘大不可負；以錘毀之，鐘[⑤]況然有聲。[⑥]恐人聞之而奪己也，[⑦]遽掩其耳。[⑧]惡人聞之，可也；惡己自聞之，[⑨]悖矣！

注釋

❶ 亡：逃亡。
❷ 鐘：古代的打擊樂器。
❸ 欲：想。
❹ 負：背着。
❺ 況然：形容鐘聲的擬聲詞。
❻ 恐：恐怕。
❼ 遽：急速。
❽ 惡：粵音厭惡的「惡」，害怕。
❾ 悖：粵音「背」，意思是荒謬。

寓意

自欺欺人。

例句

他明知自己的計劃行不通，卻選擇掩耳盜鈴，拒絕聽從別人的建議，最終付出了沉重的代價。

白話文故事

范氏（一個姓范的人）逃亡時，有人打算趁機偷走范氏的鐘。這個偷鐘的人想背着大鐘離開，但是鐘太大了，他背不動，就又想用錘子毀壞這個鐘，結果鐘發出了「況⋯ ⋯況」的聲音。他恐怕有人聽到鐘聲，會來搶奪他的鐘，於是急速地掩蓋着自己的耳朵。害怕別人聽到鐘聲，還算正常，但害怕自己會聽到鐘聲，實在太荒謬了！

思考問題

看看下圖，問問做了甚麼掩耳盜鈴的行為？這種行為會導致甚麼後果？

人類都不願意承認自己的過錯，這是與生俱來的能力，讓自己可以保護自己，免受傷害，因此我們不能過份怪責他人的保護心理。可是，過度的保護就是自欺欺人，會讓人高估了自己的能力，即使別人好言相勸，言之有理，也未必聽得進去。

你有沒有遇過「掩耳盜鈴」的人？他們做了甚麼？你會怎樣勸他們改過？在下面寫下來或畫下來。

掩耳盜鈴的人：

10 揠苗助長

出自孟子：《孟子・公孫丑上》

宋人有[①]憫其苗之不長而[②]揠之者，[③]芒芒然歸，謂其人曰：「今日[④]病[⑤]矣！[⑥]予助苗長矣。」其子[⑦]趨而往視之，苗則[⑧]槁矣。

注釋

❶ 憫：擔憂。
❷ 揠：粵音「壓」，拔。
❸ 芒芒然：疲倦的樣子。
❹ 病：疲倦。
❺ 矣：粵音「耳」，啊。
❻ 予：我。
❼ 趨：快步走。
❽ 槁：粵音「稿」，枯萎。

寓意

為求快速達到結果而不循序漸進地做事，結果不但無益，反而有害。

例句

有些家長採用揠苗助長的方法教育小朋友，結果孩子不但學不到知識，更會討厭上學。

白話文故事

宋國有一個人，他擔心自己種的苗會長不高，所以去拔高那些幼苗。之後，他疲倦地回家，跟其他人說：「我今天都在拔高幼苗，很累啊！」他的兒子聽到，立即快步前往田裏，去看看那些苗。這時，他發現苗已經枯萎了。

思考問題

看看下圖，你認為怎樣可以幫助問問發展才能？

心理學專家證實，任何人與生俱來都有學習新知識的慾望。可是，很多學生因為學業壓力太大，導致不喜歡學習，更有甚者會拒絕上學，甚至因學業壓力而輕生。

現時，你有沒有根本不想做，卻為了滿足他人期望的事嗎？將這件事畫下來，告訴家長／老師你的心情，以及你不想做的原因，一起討論解決方法。

不想做的事：

11 畫蛇添足

出自劉向〔編〕：《戰國策・齊策二》

楚有[1]祠者，賜其[2]舍人[3]卮酒。舍人相謂曰：「數人飲之不足，一人飲之有餘。請畫地為蛇，先成者飲酒。」一人蛇先成，[4]引酒[5]且飲之，乃左手持卮，右手畫蛇曰：「我能為之足！」未成，一人之蛇成，奪取卮曰：「蛇[6]固無足，子[7]安能為之足？」遂飲其酒。為蛇足者，終[8]亡其酒。

注釋

1. 祠：粵音「詞」，這裏是祭祀的意思。
2. 舍人：貴族家裏的門客，是為主人出謀獻策的人。
3. 卮：粵音「之」，古代飲酒用的器皿。
4. 引：拿起。
5. 且：將要。
6. 固：固然，本來。
7. 安：怎麼。
8. 亡：失去。

寓意

做多此一舉的事，反而令結果變得更壞。

例句

他原本的計劃已經很完美，但他卻一再畫蛇添足，導致整個項目變得混亂不堪。

白話文故事

楚國有一些貴族正在祭祀，祭祀期間賜酒給他的門客喝。門客說：「幾個人飲這杯酒的話會不夠分，一個人飲的話卻會有餘。我提議大家在地上畫蛇，先畫成的可以飲這杯酒。」之後，他們就開始比賽畫蛇。有一個人先畫完了，拿起酒杯正要喝，忽發奇想，說：「我可以再為蛇畫上雙腳！」他還未畫完，另一個人的蛇完成了。於是，第二個畫成的人奪過酒杯說：「蛇本來是沒有腳的，你怎能為牠加上雙腳呢？」接着飲了那杯酒。而幫蛇畫上雙腳的人，最後失去了喝酒的機會。

思考問題

我們住在物質豐富的城市裏，難免會想多買一點，多擁有一點。我們總以為得到愈多，就愈滿足。可是，慾望是一個無底深潭，如果不好好控制，即使每天不停血拼購物，也只會覺得總是欠缺甚麼，最後可能比一無所有的人更加空虛。近年流行「斷捨離」，就是分清楚自己真正需要甚麼，喜歡甚麼，不要為生活這條「蛇」添上多餘物品的「足」呢！

看看你的房間，有甚麼物品是你不需要的？你會怎樣處理它們？寫下來或畫下來。

處理多餘的物品：

12 畫龍點睛

出自王嘉：《拾遺記．卷四．秦始皇》

[①]始皇元年，[②]騫霄國獻刻玉善畫工名裔。刻百獸之[③]形，毛髮[④]宛若真矣；又畫為龍鳳，[⑤]騫翥若飛，皆不可點睛。或點之，必飛走也。（本文經作者刪改。）

注釋

❶ 始皇元年：秦始皇即位的第一年。
❷ 騫霄：一個小國的名字。
❸ 形：形體、身體。
❹ 宛若：宛粵音「丸」，好像的意思。
❺ 騫翥：粵音「軒注」，高飛的意思。

寓意

比喻在畫畫、作文時在最重要之處加上一筆，使全幅作品更加生動傳神。

例句

李老師在教學時常常會引用有趣的小故事，令他的課堂有畫龍點睛的效果。

白話文故事

秦始皇即位第一年，有個叫騫霄的小國獻上一位善於雕刻及畫畫的工匠給秦始皇。這個工匠雕刻百獸的身體時，連毛髮都像真的一樣；他又會畫龍和鳳，姿態好像真的在高飛一樣。然而，他的龍鳳全部都不可以畫上眼睛，如果點上眼睛的話，便會飛走了！

思考問題

你覺得在平日寫作時，加上甚麼，可以令文章寫得更好？

很多學生都害怕寫作，因為常常被老師批評內容不夠豐富，文句不夠通順…… 其實，我們都喜歡聽故事，也喜歡跟別人分享自己的經歷。如果因為討厭寫作，而失去表達自己的機會，不是很可惜嗎？如果想令作文寫得更好，可以加入形容詞、成語、修辭手法等技巧，不過最重要的還是好好書寫你的感受，才能為文章點上「眼睛」。

以「我的假期」為題，口頭分享一次真實的難忘經驗，然後寫成文章。

13 買櫝還珠

出自韓非：《韓非子・外儲說左上》

楚人有賣其珠於鄭者，為木蘭之[1]櫃，[2]薰以[3]桂椒，[4]綴以珠玉，飾以玫瑰，[5]輯以[6]羽翠。鄭人買其[7]櫝而[8]還其珠。此可謂善賣櫝矣，未可謂善[9]鬻珠也。

注釋

❶ 櫃：在這裏指放珍珠的盒子。
❷ 薰：薰香。
❸ 桂椒：能發出香味的木材。
❹ 綴：粵音「罪」，點綴裝飾。
❺ 輯：整理，在這裏同樣指裝飾。
❻ 羽翠：翡翠。
❼ 櫝：粵音「毒」，木製的盒子。
❽ 還：退還。
❾ 鬻：賣。

寓意

比喻不求事物的根本，而只重視不重要的細節，取捨失當。

例句

他這篇記敘文用了很多四字成語，可是連最基本的「起因、經過、結果」也寫不好，與買櫝還珠又有甚麼分別呢？

白話文故事

楚國有一個商人到鄭國售賣珍珠。他用木蘭做了一個盒子，用桂椒把盒子薰得香香的，又用玫瑰、珠玉和翡翠來裝飾它。結果，有個鄭人買下了盒子，把珍珠退還給楚人。楚人可以說是善於賣盒子，卻不善於賣珍珠啊！

思考問題

你在購物時，會着重貨品的外觀，還是它的功能呢？

購買好看的東西沒有錯，但如果只顧着好看，而沒有考慮物品是否實用時，可能令我們屯積愈來愈多沒用的廢物。例如外盒漂亮但不好吃的巧克力，或是印着可愛的卡通人物圖案，卻重得要命的書包，都會令它們最終被「打入冷宮」，浪費地球資源。

你在選擇文具時，會較看重哪些條件？試按你的消費習慣排列以下條件，反思一下。(最重要寫上1，最不重要寫上5。)

條件	美觀	使用頻率	易用	安全	耐用	其他
重要程度						

14 塞翁失馬

出自劉安〔編〕：《淮南子．人間》

近[1]塞上之人，有[2]善[3]術者，馬無故[4]亡而入[5]胡。人皆[6]吊之，其父曰：「此何[7]遽不為福乎？」居數月，其馬[8]將胡駿馬而歸。人皆賀之，其父曰：「此何遽不能為禍乎？」家富良馬，其子[9]好騎，墮而折其髀。人皆吊之，其父曰：「此何遽不為福乎？」居一年，胡人大入塞，[10]丁壯者[11]引弦而戰。近塞之人，死者十九。此獨以跛之故，父子相保。

注釋

❶ 塞：粵音「菜」，邊境。
❷ 善：善於。
❸ 術：術數，即風水命理，用以預測未來。
❹ 亡：逃跑。
❺ 胡：古代對外族地方的通稱。
❻ 吊：慰問。
❼ 遽：就。
❽ 將：帶着。
❾ 好：粵音喜好的好（耗），喜歡的意思。
❿ 丁壯者：身體強壯的男丁。
⓫ 引弦：拉弓射箭。

寓意

比喻福與禍時常互轉，不能因一時幸運而掉以輕心，也不要因一時不幸而灰心。

例句

他上一次考試成績欠佳，反而激勵了他發奮讀書，可說是塞翁失馬，焉知非福呢！

白話文故事

邊境上住了一個善於預測未來的人。有一天，他的馬無緣無故地逃跑到了外族胡地。大家都來慰問他，可是他說：「這難道不能是一件好事嗎？」幾個月之後，他的馬帶着胡地的好馬回來了。正當大家都祝賀他時，他又說：「這難道不能是一件壞事嗎？」因為家中有好馬，而他的兒子又喜歡騎馬，有一天，兒子不小心墮馬了，還折斷了大腿。大家都慰問他，他卻說：「這難道不能是一件好事嗎？」一年之後，胡人大舉入侵，年輕力壯的人都要上戰場殺敵。這群住在邊境的人，十個有九個都戰死了。惟獨因為他的兒子早就跌斷了腿，不用打仗，父子二人都得以保存性命。

思考問題

看看下圖，羊羊的手指怎麼了？你覺得他以後還會受傷嗎？為甚麼？

漫長的人生總不能一帆風順。有時候，你會遇上不幸的事，沮喪無比；有時候，你會因為小事而感到快樂。切記沒有人會永遠不幸，所以我們遇上困難時，要積極地找解決方法，必要時可以與人商量。

如果你不開心，會做甚麼來開解自己？

開解自己的方法：

15 葉公好龍

出自劉向〔編〕:《新序・雜事》

葉公子高[1]好龍,[2]鉤以寫龍,[3]鑿以寫龍,屋室[4]雕文以寫龍。於是天龍聞而下之,窺頭於[5]牖,施尾於堂。葉公見之,棄而[6]還走,失其魂魄,[7]五色無主。是公非好龍也,好[8]夫似龍而非龍者也。

注釋

❶ 好:喜歡。
❷ 鉤:衣服上的帶鉤。
❸ 鑿:在這裏指古代飲酒的器具。
❹ 雕文:裝飾花紋。
❺ 牖:粵音「廉」,意思是窗子。
❻ 還走:轉身就跑。
❼ 五色:臉色。
❽ 夫:調節句子節奏的字詞,沒有特別意思。

寓意

比喻一些人做事表裏不一。

例句

他平常喜歡購買畫作,可是一跟藝術家談起話來,竟然像葉公好龍一樣,甚麼也不懂。

白話文故事

葉子高喜歡龍，他衣服上的帶鈎畫上龍，飲酒的器具畫上龍，家裏的裝飾花紋也是畫了龍。天上的龍聽聞有人這麼喜歡自己，於是就下凡了，在葉公家裏的窗子偷看，尾巴則在廳堂那邊擺動。沒想到葉公看見龍，嚇得立即轉身逃跑，好像不見了魂魄那樣，臉無血色，六神無主。原來葉公並非喜歡龍，只是喜歡像龍而又不是龍的東西。

思考問題

看看下圖，問問終於當上了風紀，可是，他似乎不想執行「幫助同學」這個最重要的職務呢！

有很多事情，在徹底認識之後，才會發現不如想像中美好。例如考進一間心儀的中學，卻沒想過教學進度這麼快，競爭這麼激烈；當了醫生，才發現工作壓力很大。

你有甚麼夢想？你預期這個夢想有甚麼不完美的地方？

夢想：______________________

預期中不好的地方：______________________

16 鄭人買履

出自韓非：《韓非子・外儲說左上》

鄭人有[1]且[2]置[3]履者，先自[4]度其足，而[5]置之其[6]坐。至之市，而忘[7]操之。已得履，謂曰：「吾忘持[8]度。」[9]反歸取之。及反，市[10]罷，[11]遂不得履。人曰：「何不[12]試之以足？」曰：「寧信度，無自信也。」

注釋

1. 且：將要。
2. 置：購買。
3. 履：粵音「里」，鞋。
4. 度：粵音「踱」，量度。
5. 置：放置。
6. 坐：座位。
7. 操：拿。
8. 度：粵音「道」，指量度好的尺寸。
9. 反：返回。
10. 罷：結束。
11. 遂：粵音「睡」，於是。
12. 試之以足：用自己的腳去試鞋。

寓意

比喻做事不知道變通的人。

例句

他做事從來都不懂靈活變通，就像鄭人買履一樣，最後不會有成就。

白話文故事

鄭國有一個想買鞋的人，他先在家量度了自己的腳板，然後去了市集，卻忘記帶這個量度好的尺寸。他看上一款鞋之後，大叫：「我忘記了帶量度好的尺寸！」於是，他立刻回家，取回尺寸。可是，當他返回市集後，卻發現市集已經完結了，於是他買不到鞋。有人問：「你為甚麼不用自己的腳去試鞋呢？」鄭人說：「我寧願相信量度好的尺寸，也不願意相信自己。」

思考問題

看看下圖，問問寧願相信很久以前看到的天氣預報，也不願意「試之以身體」。

俗語說「辦法總比困難多」。有時候，我們解決不了一個困難，未必是不夠努力，更可能是用錯方法。所以，我們要常常反省自己，回想之前的做法有沒有可以改進之處。如果鄭人能聽別人的勸告，也許能趕得及買鞋呢！

你遇過解決不了的麻煩嗎？如果再遇上類似的情況，你會有甚麼不同的做法？請在以下位置寫下來或畫下來。

解決麻煩的辦法：

17 濫竽充數

出自韓非：《韓非子・內儲說上》

齊宣王[1]使人吹[2]竽，必三百人。南郭[3]處士請為王吹竽，宣王[4]悅之，[5]廩食以數百人。宣王死，湣王[6]立，好一一聽之，處士逃。

注釋

1. 使：命令。
2. 竽：古代的樂器，像現在的笙。
3. 處士：有學問，有品德而沒有做官的人叫做處士。這裏帶有諷刺的感覺。
4. 悅：喜悅。
5. 廩食：本來指官府發的糧食，這裏指供養。
6. 立：繼承王位。

寓意

比喻沒有真實才幹的人，混在其他人裏面裝模作樣。

例句

他並不具備這個職位需要的技能，在團隊中只是濫竽充數，最終拖慢了整個項目的進度。

白話文故事

齊宣王每次命令人吹竽，都會是三百人大合奏。南郭處士自薦為宣王吹竽，宣王十分喜歡，覺得很高興，所以供養了這幾百人。後來宣王死了，他的兒子湣王繼位。泯王喜歡逐一聽獨奏的音樂，於是南郭處士逃走了。

思考問題

有時候，濫竽充數不但為自己帶來壞後果，更會影響其他人。你認為濫竽充數有甚麼壞處？

在學習路上，我們會經歷新手階段。在設定目標時，別忘了做事要一步一步來。勉強把自己擠進更高層次的行列，一旦被揭發是冒充者，難道不是更尷尬嗎？

你有想成為的人嗎？他／她是誰，有甚麼值得你學習的特質？

我想成為的人：________

我想從他／她身上學習的特質：________

18 螳螂捕蟬

出自莊子：《莊子・山木》

園中有樹，其上有蟬，蟬高居，不知螳螂在其後也；螳螂[1]委身[2]曲附欲[3]取蟬，而不顧知黃雀在其[4]傍也；黃雀[5]延頸，欲啄螳螂，而不知[6]彈丸在其下也。此三者皆[7]務欲得其前利，而不顧其後之有[8]患也。

注釋

❶ 委身：彎曲着身體。
❷ 曲附：曲着前肢。
❸ 取：捕捉。
❹ 傍：近處。
❺ 延：伸長。
❻ 彈丸：指有人拉開彈弓，準備發射泥丸。
❼ 務欲：一心想要。
❽ 患：禍害

寓意

比喻目光短淺，只貪圖眼前的利益而不顧後患。

例句

賊人以為不會有人發現自己正在靜靜地偷東西，哪想到螳螂捕蟬，黃雀在後，原來警察已經在外面等著拘捕他了。

白話文故事

園中有一棵樹，樹上有一隻蟬。蟬位於很高的地方，不知道螳螂在牠的後面；螳螂彎着身，曲着臂，想要捕捉蟬，但是不知道有一隻黃雀在牠的附近。黃雀伸長了脖子，想啄食螳螂，但是不知道下面有人正準備拉開彈弓，發射泥丸捕捉牠。這三種昆蟲動物一心只想要得到眼前的利益，而沒有顧及後面的禍害。

思考問題

如果你知道朋友作弊，你會告訴老師嗎？為甚麼？

我們每天都要面對不同選擇。小息時要吃東西，還是玩遊戲？和誰一起做分組報告？放學要和同學去逛街嗎？有些時候，做錯決定會帶來嚴重的後果。只要我們做事前先想一想後果，便可以避免鑄下大錯。

在你的生活中，有哪些十分重要的人，是你不想讓他們傷心失望的？寫下他們的名字，把他們的樣子畫下來，提醒自己不要因眼前的小利益而傷害自己、傷害疼你的人。

他／她是：

19 驚弓之鳥

出自劉向〔編〕：《戰國策・楚策四》

①更羸與魏王處京臺之下，仰見飛鳥。更羸謂魏王曰：「臣為王②引弓③虛發而④下鳥。」魏王曰：「然則⑤射可至此乎？」更羸曰：「可。」⑥有間，雁從東方來，更羸以虛發而下之。

注釋

❶ 更羸：羸粵音「營」，魏國一個射箭好手。
❷ 引：拉。
❸ 虛發：空發，沒有真正射出箭。
❹ 下鳥：使鳥掉下來。
❺ 射：射術。
❻ 有間：一會兒。

寓意

比喻曾經受過驚嚇，稍有動靜便會害怕的人。

例句

殘酷的戰爭使士兵成為了驚弓之鳥，連放煙花的聲音都會以為是遭到炮火攻擊。

白話文故事

<u>更羸</u>和<u>魏王</u>在高臺的下面，抬頭看見飛鳥。<u>更羸</u>對<u>魏王</u>說：「臣子我為大王你拉弓，但是不用射箭，就可以使鳥掉下來。」<u>魏王</u>說：「你的射術已經去到這個地步了嗎？」<u>更羸</u>說：「可以的。」一會兒後，從東方飛來了大雁，<u>更羸</u>只拉弓而不射箭，卻使大雁掉了下來。

思考問題

你有甚麼害怕的事物嗎？

人類在遇到未知的情況時，會產生「害怕」的情緒，讓身心都準備好躲避危險狀況——古時候，我們的祖先會害怕野獸，害怕暴風雨；今天，我們或會怕黑，怕蟑螂，怕被家人老師責罵……我們要明白這些情緒是自然反應，不需覺得羞恥，只要不讓情緒駕馭行為便可以了。

下次害怕或憤怒的時候，不妨試用「情緒紅綠燈」幫助表達情緒。

紅燈：閉起雙眼深呼吸，停一停，靜一靜。

黃燈：辦法總比困難多，想一想，別緊張。

綠燈：選擇最好的方法，做一做，有出路。

20 鷸蚌相爭

出自劉向〔編〕：《戰國策・燕策二》

蚌[1]方出[2]曝，而[3]鷸啄其肉，蚌合而[4]拑其[5]喙。鷸曰：「今日不[6]雨，明日不雨，即有死蚌！」蚌亦謂鷸曰：「今日[7]不出，明日不出，即有死鷸！」兩者不肯相[8]舍，漁者得而[9]并[10]禽之。

注釋

❶ 方：正在。
❷ 曝：曬太陽。
❸ 鷸：粵音「wat6 核」。是一種嘴巴和雙腿細長的水鳥。
❹ 拑：把東西夾住。
❺ 喙：粵音「悔」，鳥的長嘴巴。
❻ 雨：作動詞用，指下雨。
❼ 不出：指鷸拔不出嘴巴。
❽ 舍：等同「捨」，放開的意思。
❾ 并：一起。
❿ 禽：捕捉，擒住。

寓意

比喻兩方面爭執的話，最後兩敗俱傷，反而令其他人得到好處。

例句

大大公司兩個營業部門一直互相爭執，結果鷸蚌相爭，被競爭對手搶走了訂單。

白話文故事

有一天，蚌正在曬太陽，有一隻鷸想來啄食牠的肉。蚌立即合上牠的貝殼，夾住了鷸的嘴巴。鷸說：「今天不下雨，明天也不下雨的話，這裏就會有一隻被太陽曬死的蚌！」蚌也對鷸說：「今天你拔不出嘴巴，明天你也拔不出嘴巴的話，這裏就會有一隻餓死的鷸！」牠們兩個都不肯放棄，結果有一個漁夫經過，把鷸和蚌一起捉走了。

思考問題

如果你是蚌或鷸，你會怎樣説服對方放棄？

遠古的人類為了生存下來，難免為了爭奪食物和水源而自相殘殺。可是，我們的祖先後來明白：分工合作，才能令大家得到長遠的利益。今天，我們不難看見為了利益相爭，卻落得兩敗俱傷的局面——兄弟姊妹爭玩具，國家之間為了爭奪資源而打仗等。有句話説：「相爭，就會彼此不足；分享，就會彼此都足夠」。有時候忍讓一下，得益的反而是自己呢！

當你真的很想擁有一樣物品，例如很想玩別人手上的玩具時，你會怎樣表達自己的需要？把你想説的話寫下來。

表達需要的方法：

文言小知識（一）：之

「之」字在文言文有以下幾個用法：

A. 代詞，指「他／她／牠／它」
B. 助詞，指「的」
C. 動詞，指「去」。
D. 調節句子的節奏，無特別意思。

試想想，以下幾個「之」字指甚麼？

句子中的「之」字	用法（填上英文字母）
一人**之**蛇成	
於是天龍聞而下**之**	
而置**之**其坐	
至**之**市	
而忘操**之**	
反歸取**之**	
何不試**之**以足	

答案：B D A C A A A

文言小知識（二）：其

「其」字在文言文主要用作代詞用，意思是「他的／她的」。

試想想，以下幾個「其」字指甚麼？

句子中的「其」字	代表的事物
蟬高居，不知螳螂在**其**後也	蟬的（後面）
蚌方出曝，而鷸啄**其**肉。	1.
鷸啄其肉，蚌合而拑**其**喙。	2.
楚人有涉江者，**其**劍自舟中墜于水。	3.

答案：1. 蚌的（肉）　2. 鷸的（喙）　3. 楚人的（劍）

文言小知識（三）：耳、矣

「耳」除了是耳朵的意思之外，如果把「耳」、「矣」（讀音：耳）字放在句子最後的地方，很可能是當作助詞一般使用。以下是幾個常見的用法：

耳：

　　等於「了」。

　　等於「而已」、「罷了」。

矣：

　　等於「啊」。

　　等於「嗎」。

　　等於「了」。

　　等於「而已」、「罷了」。

你有沒有發現：這兩個字的讀音一模一樣呢？原來，它們還有一個兄弟姊妹，就是「爾」，粵音也是「耳」。「爾」的用法跟「矣」差不多。下次看到這幾個耳耳家族的成員，你就能猜猜它們的意思耳！